MARÍA JOSÉ FERRADA
PEP CARRIÓ

Nørdicalibros
2023

Published by agreement with Phileas Fogg Agency /
www.phileasfoggagency.com

Doctor Blanco Soler, 26
28044 Madrid
Tlf: (+34) 917 055 057
info@nordicalibros.com
Primera edición: marzo de 2023
ISBN: 978-84-19320-78-0
Depósito Legal: M-4625-2023
IBIC: FA
Thema: FBA
Impreso en España / *Printed in Spain*
Impresos Izquierdo
Leganés (Madrid)

Diseño: Estudio Pep Carrió
Corrección ortotipográfica: Victoria Parra y Ana Patrón

CASAS

LUIS PEREIRA

Luis Pereira se preocupó de dejarle muy claro a Oliverio Sánchez —arquitecto— que más importante que el material que utilizaran para las paredes y el techo de la casa (finalmente usaron células piramidales) era que la habitación principal tuviera una ventana en la zona de la corteza prefrontal. Es ahí donde se guardan los recuerdos según el Instituto Tecnológico de Massachusetts, explicó Luis. Y Oliverio, a quien le daba lo mismo lo que opinaran los científicos —confiaba más en el pensamiento mágico— le dijo que no había problema, cosas más raras le habían pedido.

Una casa, para bien o para mal, significa una rutina, así que cada mañana, después de leer el diario, Luis Pereira abre la ventana y observa su pasado. Hoy está sentado en la copa de un árbol junto a Diana. Él debe tener unos seis años, ella unos ocho, y se entretienen silbando a las personas que pasan por la calle. Esas personas miran al cielo para decidir si lo que acaban de escuchar es el canto de algún pájaro o el producto de su propia imaginación. Es verano, 1962, y la ciencia aún no se ha pronunciado acerca de la relación entre la imaginación y los pájaros.

CASA / 1

OLIVERIO SÁNCHEZ

A Oliverio Sánchez se lo dijo su tío Gregorio, exmarino mercante: si el suelo de la casa se hace con tablas de barco la casa navega. Así que Oliverio consiguió las tablas en un cementerio de barcos, hizo la casa y la llevó, con ayuda de un servicio de mudanza, hasta una playa de Mallorca.

La casa navegó, claro, y en su interior iba Gregorio que de día daba instrucciones a grumetes imaginarios y de noche miraba las estrellas.

TATIANA KOZLOV

El traje de estrellas fue un invento de Tatiana Kozlov. Lo diseñó tomando como modelo el pedazo de cielo que veía desde la ventana derecha de su casa, ubicada en la península de Kamchatka. Quedó registrado en la Sociedad de Inventores Rusos con fecha 4 de octubre de 1957 y marcó el inicio de la era espacial.

CASA / 3

TOSHIO HIRAOKA

Toshio Hiraoka es especialista en la construcción de casas que caben en la palma de una mano y maestro de Irina Popov (inventora de habitaciones para albergar el vacío). Su día comienza a las cinco de la mañana con la lectura de una página del *Ensayo acerca de la construcción de jardines* de Tachibana Toshitsuna y sigue con una caminata que tiene por objetivo la recolección de materiales.

«Las vetas de las paredes, para las que uso madera o piedra, representan los paisajes que recorro, siguiendo los principios del *shakkei* o escenario prestado. En la disposición de las habitaciones no busco seguir un orden, sino el requerimiento original de la roca y la madera. Se trata de comprender los puntos esenciales de los paisajes donde esos materiales fueron encontrados y luego, recrear las escenas de manera interpretativa, no estricta».

Irina Popov lo escucha y toma apuntes en su libreta, haciendo sus propias interpretaciones: «Las casas del maestro Hiraoka son un microcosmos. Piedras y trozos de madera que nos hablan de la forma en que los paisajes de la mente reflejan la realidad (hay espacios —habitaciones vacías, habitaciones que imitan hojas de cedro— en los que esa realidad se contorsiona)».

ERNESTO BARROS

Fue en la primavera de 1982 cuando, cansado del ruido, Ernesto Barros decidió mudarse a un pueblo pequeño. Se llevaría con él la casa, inspirado en la costumbre de un pueblo nómada de Asia Central que iba cambiando su yurta de lugar, según el dictado de la naturaleza. Ernesto Barros no recordaba el nombre de ese pueblo, pero sí la palabra «yurta» porque tenía síndrome hipermnésico: su memoria era una especie de almacén lleno de cajones, donde no se guardaban muchos hechos importantes, pero sí una enorme cantidad de detalles.

Como había construido la casa con sus propias manos, estaba seguro de que puertas, paredes y ventanas eran una extensión de sí mismo, es decir hipermnésicas como él, y por lo tanto habían guardado, durante años, los detalles de su existencia: las conversaciones telefónicas que tenía con su madre —cada día a las siete de la tarde para comentar el clima y las noticias—; la luz del sol que entraba por la ventana avisando el inicio de los veranos; los gritos y la risa de los niños de la casa vecina, que hace tiempo ya se habían hecho mayores.

«No son cosas que se puedan abandonar así como así», pensaba Ernesto Barros mientras decidía si lo más práctico era desarmar la casa y ponerla en un carro o simplemente levantarla e instalar una rueda en cada esquina.

IRINA POPOV

La casa *matrioshka* fue creada por Irina Popov para el XV Congreso de Arquitectura de la Universidad Técnica de Múnich. Su mecanismo era similar al de las muñecas rusas: «una casa vacía que en su interior alberga una segunda y una tercera casa, también vacías», explicaba Irina, que además de ser arquitecta era budista. «El techo y las paredes son de tilo en homenaje a la primera muñeca de este tipo, elaborada en la primavera de 1890», agregó.

Fue cuando terminó de pronunciar la palabra *tilo* (*linden* en traducción simultánea al alemán) que Christoph Meyer, arquitecto especialista en bioclimática y organizador del congreso, se enamoró perdidamente y para siempre de Irina Popov, pero no le dijo nada porque, formal como era, pensó que no era bueno mezclar la vida personal con la vida académica.

HAO WANG

Cuando Hao Wang, tal como correspondía al tercer hijo, se hizo lo suficientemente pequeño como para compartir la casa con su canario Kun —cuyo nombre significa Universo— la familia se reunió en torno al altar para pronunciar un extracto del capítulo 33 del *Tao Te King*: «El que conoce lo que es suficiente es rico».

La tradición, que había comenzado en el Periodo de las Cinco Dinastías y los Diez Reinos, dictaba que fuera el hermano mayor quien, una vez finalizada la ceremonia, colgara la pequeña casa de alguna de las ramas de la paulownia plantada por el mismísimo Zhuangzi, y así se hizo.

«Secretamente oculto, penetró por un sendero del monte Shang que ni siquiera los leñadores conocen», cantaba Hao Wang junto a un coro de canarios y parientes centenarios que tal como él, transitaban el séptimo sendero: la voz se confunde con el sonido del viento y se deshace entre las hojas.

CASA / 8

MARTA FUENTES

La casa de Marta Fuentes queda en el corazón de una hoja de aliso. Se asoma a la ventana y mira el mundo a través de la nervadura. No recuerda bien si fue la casa la que un día dio origen a la hoja o si por el contrario, la hoja tejió una especie de fruto con dos ventanas, cuatro paredes y una puerta. Da igual.

A veces cuando mira hacia afuera —acera, araña, farol, bicicleta, y otra vez: araña, otra vez: farol— se pregunta si el tejido vascular de la hoja no será una extensión de su propio cuerpo, si la línea que la separa a ella —Marta— del aliso no será en realidad un filamento, un borde imaginario.

TAKAKO TAWADA

Takako Tawada recorrió toda la región de Kansai para encontrar un buen lugar donde vivir. Tras años de búsqueda, nadie pudo entender que finalmente se decidiera por un departamento en un edificio corriente de Minato-ku, en Osaka. Pero ella sí: el edificio tiene una ventana y por la ventana se ven las estrellas.

CASA / 9

TONY STRAND

Tony Strand, viajante de comercio, vivía dentro de un sueño de Hao Wang. Fuera de eso, llevaba una existencia bastante corriente: en invierno vendía paraguas y en verano, sombrillas.

CASA / 11

CATARINA FERNÁNDEZ

Catarina Fernández descubrió la casa agujero cuando tenía ocho años. Más que una casa era en realidad un espacio vacío, en el interior de un olmo, en el que solo cabía ella. Subía ahí, de vez en cuando, a escuchar su propia respiración. No se lo contaba a nadie porque no necesitaba tener nueve años ni diez para comprender que la casa del olmo era una casa que solo ella podía ver, una casa secreta.

YARO MBEKI

La casa de Yaro Mbeki era una casa de una sola habitación. Nadie entendía cómo era posible que en ella cupieran, además de la cama y el sillón, un bosque, tres bandadas de pájaros y el sol de la tarde.

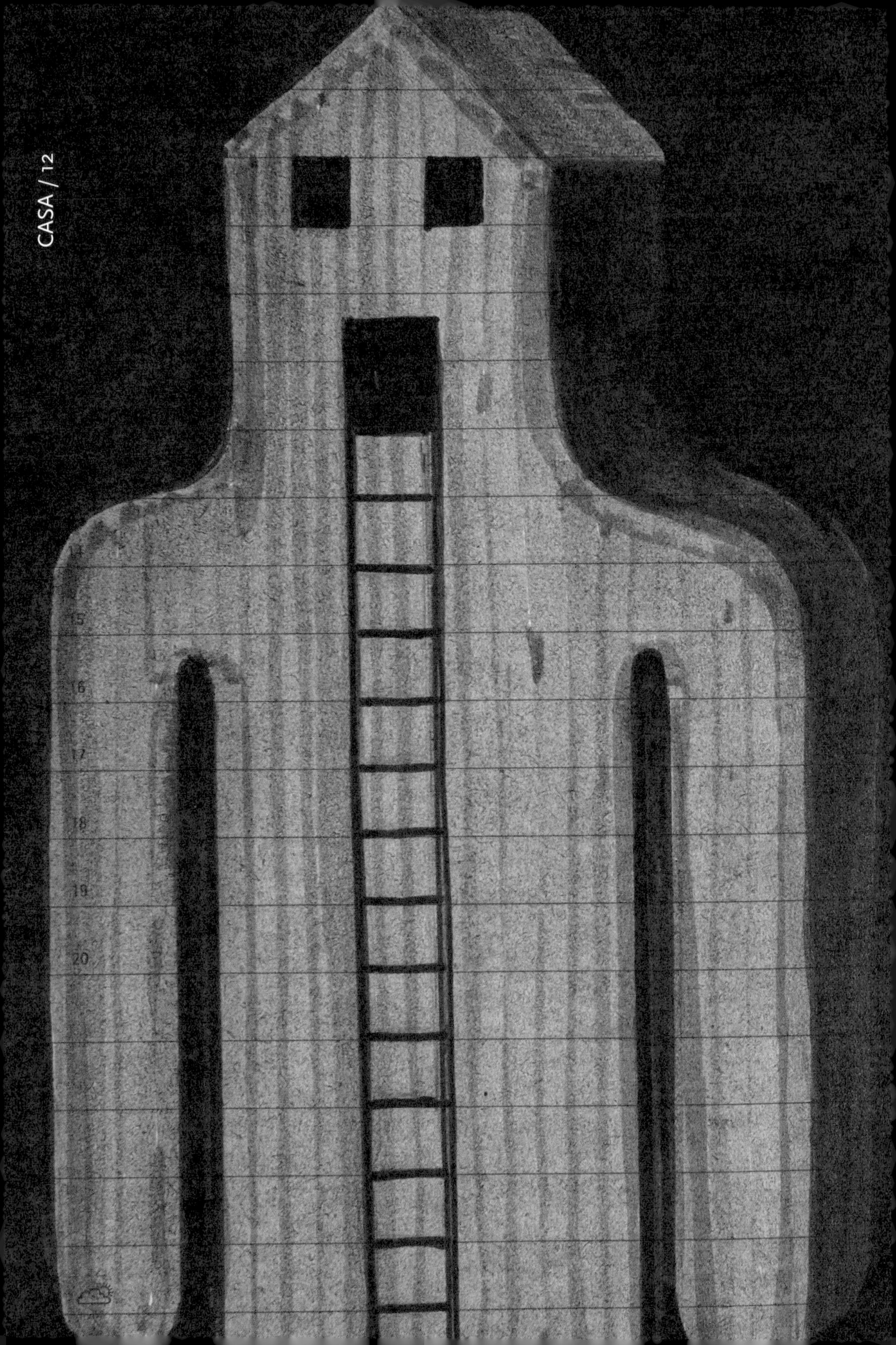

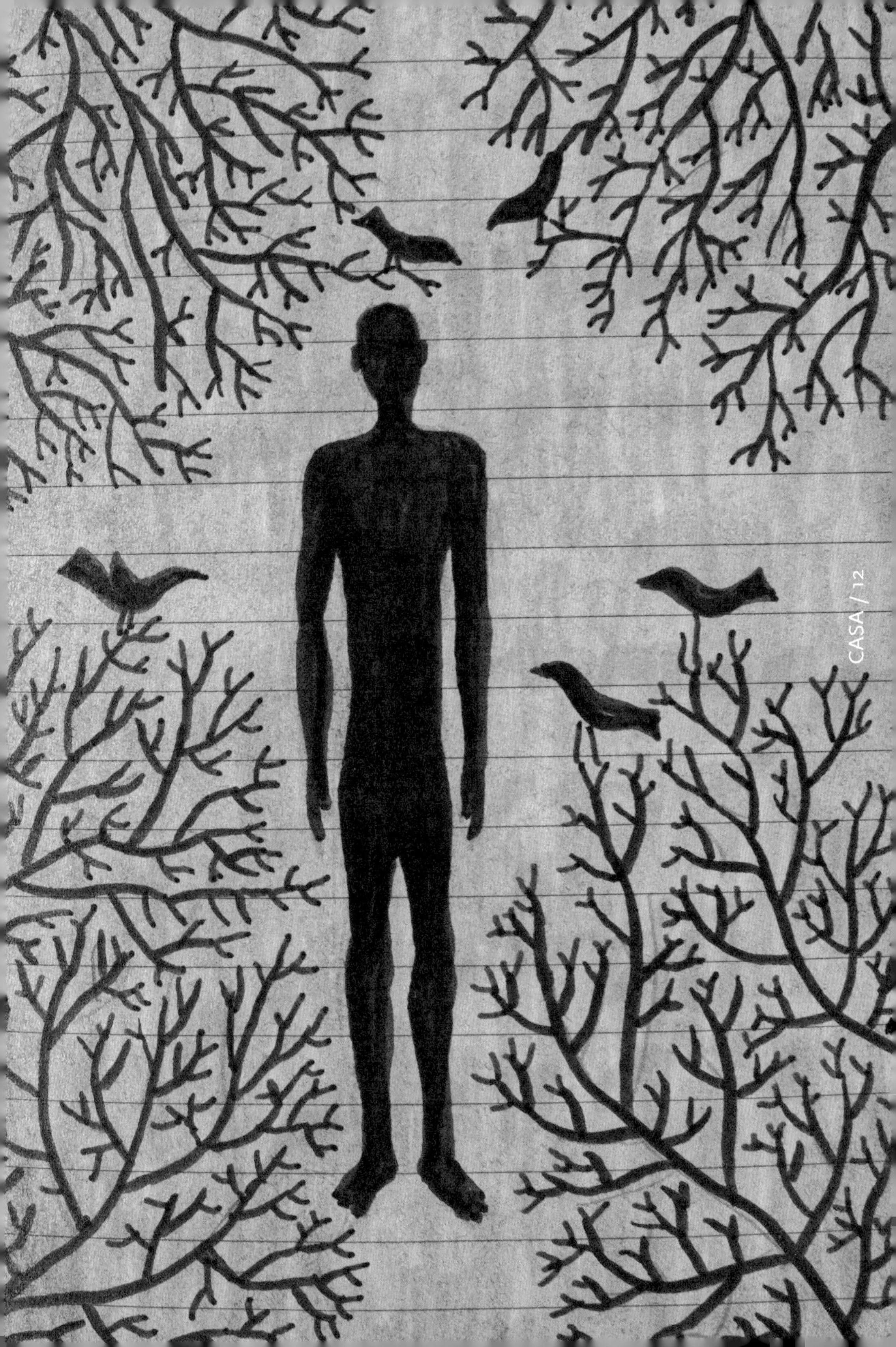

ABA BADOE

A Aba Badoe se lo explicó su abuela: «una casa debe ser lo suficientemente grande como para cubrir tu cuerpo y lo suficientemente liviana como para que puedas llevarla contigo». Y Aba Badoe estaba imaginando con qué material se podría construir una casa como esa (junco/tela de paraguas) cuando la abuela la interrumpió para decir algo sobre la lluvia que amenazaba con caer sobre Madina. Se asomó a la ventana —las calles comenzaban a inundarse— y reconoció los sonidos de su niñez: la lluvia y la voz de la abuela saltando de un tema a otro, con la velocidad de Anansi, señor de las arañas e hijo de Nyame, dios de las tempestades.

anuary
21

TOSHIMA-KU 45

La idea de escribir la biografía de Toshima-Ku 45 fue de Mary, la conserje. Cada departamento se encarga de escribir una página, que a su vez corresponde a un día en la vida del edificio. Hijas que visitan a sus madres, llamadas de parientes lejanos, estrenos de programas de televisión o días en los que simplemente no pasa nada. El compromiso es que cada uno escriba su página con absoluta sinceridad. Cuando lleguen a la página 365 enviarán la obra al Concurso de Novelas de Edificios: *La Vida Instrucciones de Uso* que por quinto año consecutivo se celebra en París. Faltan algunos meses para que terminen el manuscrito pero ya tienen el título: *Toshima-Ku 45. Una novela real.*

DANCHI DE TOKIWADAIRA

El Danchi —palabra japonesa para nombrar los conjuntos de departamentos estatales que se construyeron a mediados de los sesenta— ubicado en Tokiwadaira se compone de 171 edificios blancos e idénticos que albergan un total de 4.800 departamentos ocupados, en su mayoría, por adultos mayores solitarios. Solo uno de ellos, Ito Tanaka —cuya única ocupación es jugar un partido de go con su sobrino Toshio Hiraoka, los jueves— lo ha notado: el Danchi de Tokiwadaira es una burbuja que brota al amanecer y desaparece alrededor de las ocho de la tarde de cada día, «una ilusión tan real que alcanza para vivir en ella durante toda una vida», le comenta a su sobrino mientras, cuando son las cinco de la tarde, pone la primera piedra blanca en una de las intersecciones vacías del tablero. A lo lejos, canta una cigarra.

CALLE ALTA 350

Cada miércoles, a las nueve de la noche, los habitantes de Calle Alta 350 representan un capítulo del libro ganador del V Concurso de Novelas de Edificios: *Toshima-Ku 45. Una novela real.*

Amaya, la conserje, se encarga de escribir los guiones y repartirlos después de cada función para que los actores los estudien durante la semana.

La representación se realiza utilizando técnicas del teatro de Rudolf von Laban y el único espectador es el mar. Lo dijo alguien, a propósito del teatro balinés: «Hay un hilo que liga lo ridículo a lo sublime».

HOMBRE CASA

El Hombre Casa se inspiró en la novela de Kobo Abe que cuenta la historia de un hombre que decide vivir en el interior de una caja de cartón.

Hombre Casa y Hombre Caja son una manifestación de la invisibilidad del ser humano en sociedades altamente tecnificadas y racionalistas. Camaleones que deambulan por las calles de las capitales, mimetizándose con el concreto de los edificios y sus habitantes: cientos, miles, millones de *salary men*.

Hombre Casa y Hombre Caja están unidos por una irremediable soledad.

CAMILO MÁRQUEZ

La señal la envió Camilo Márquez, el 16 de mayo, desde su departamento en Santiago de Chile y Diego García la recibió, dos días después, en su casa de San Pedro de Macorís, República Dominicana.

Tenían nueve años y Camilo Márquez pensaba que el mejor helado del mundo era el de chocolate. Diego García, en cambio, pensaba que era el de vainilla. En todo lo demás estaban de acuerdo.

Si alguna vez uno necesitaba al otro, avisaría. El otro, no importaba dónde estuviera, iría. ¿Prometido? Prometido.

Habían pasado algo más de cincuenta años cuando Camilo Márquez envió el aviso. Dos semanas después, a inicios de junio, tocando la puerta ahí estaba —algo más viejo y canoso pero puntual— el mejor amigo que alguien podía tener: el gran Diego García.

JOAN MARCEL

Joan Marcel ocupa un edificio completo que queda en el interior de sí mismo.

En cada una de las ventanas aparece una de sus vidas: Joan Marcel, padre de tres hijos; Joan Marcel, lingüista; Joan Marcel, ladrón de bancos; Joan Marcel, monje zen; Joan Marcel, campeón de ajedrez de Gerona; Joan Marcel, anticuario; Joan Marcel, repartidor de diarios; Joan Marcel, boxeador y navegante.

¿Que si los demás se dan cuenta de que Joan Marcel es varios Joan Marcel al mismo tiempo? No, porque en todas sus vidas lleva el mismo sombrero: de copa, algo pasado de moda, parecido al que alguna vez usaron grandes personajes de la historia como Abraham Lincoln o Slash.

ROBERTO LÓPEZ

Roberto López coopera con una ONG danesa que se encarga de revivir recuerdos de infancia. Hoy es el turno de un hombre de Ciudad de México —la ONG se reserva la identidad de sus usuarios— que quiere revivir una tarde de pesca en el río Papaloapan.

Lo primero, explica Roberto López, es hacer el listado de materiales, en este caso: ramas, peces, bote, arena, caña de pesca, agua, sonido de pájaros y toallas. Una vez que todo eso está listo se contacta a la persona —si bien la ONG no puede revelar identidades, sí puede decir que esta vez se trata de un adulto mayor de sexo masculino— y se acuerda el día de entrega del beneficio. Roberto López no se explica por qué pero la mayoría elige miércoles.

«Otra tarde de pesca», piensa, mientras realiza un último chequeo —ramas, peces, bote, arena, caña de pesca, agua, sonido de pájaros, toallas— y es que después de quince años como cooperante sabe que los recuerdos vinculados con ríos y mar están entre los más solicitados. También, que para que el agua no se filtre y corra, con peces y todo, por los pasillos y escaleras del edificio, hay que poner toallas debajo de la puerta.

MARIANO VARGAS

Mariano Vargas, neurólogo jubilado, pasa las tardes en su departamento de Ciudad de México estudiando los cruces de la memoria episódica, asociada a la parte interna del lóbulo temporal del cerebro, con la memoria semántica, dependiente del lóbulo temporal medial. Las radiografías de su cerebro intervenidas con líneas de luz, ramificadas y curvas, que él mismo traza, le recuerdan en algo a los dibujos de un atlas del cuerpo humano del siglo XVI, el *De humani corporis fabrica*. Su padre se lo regaló, juntando un dinero que no tenía, cuando terminó el primer año de Medicina. Ese recuerdo llama a otro, en el que también está junto a su padre —esos cruces son su material de estudio—, esta vez pescando, por primera vez, en el río Papaloapan.

Es verano. El cielo está despejado y el agua corre, llena de peces.

APARICIO SILVA

La casa de Aparicio Silva está dentro de su cabeza y tiene una piscina en la que se sumerge cada noche a nadar, entre ochocientos y mil metros. «El peligro es un animal interior», se repite a sí mismo, mientras las ondas de agua le avisan que a lo lejos se acerca, otra vez, ese tiburón que no debería estar ahí —ya lo dijo: no es un mar, es una simple piscina—. Sabe que los tiburones no caben en el interior de las piscinas, que las piscinas no caben en el interior de las casas y que las casas no caben en el interior de las cabezas, pero ahí está su caso, raro como la existencia de la Luna.

CASA / 22

ANDRÉS GUTIÉRREZ

Andrés Gutiérrez se lo explica a su terapeuta, el Dr. González, así:
si se queda en silencio, escucha que del sueño de madera, perdón,
del suelo de madera viene un canto de pájaros y un crujido.
El terapeuta anota en su libreta la confusión de palabras: sueño/suelo.
También el leve temblor de las manos que podría ser un efecto adverso
de la Risperidona.

«Gorjeos, movimientos de tierra que yo: la sombra del fresno, yo:
el Pequeño Jardinero, percibo como si se tratara de un idioma
anterior a las palabras que ahora salen de mi boca, como hormigas,
como cabezas, como los pedazos de una estrella rota», continúa
Andrés Gutiérrez, 37 años, paciente del Hospital de Día La Merced.

COBA GELDOF

Coba Geldof, fantasma holandesa, se pasea con su casa —también fantasma— por las aguas del mar del Norte. Los habitantes de Noordwijk pasaron de la perplejidad al desconcierto y luego, a la división. Hay los que creen que se trata de una estrategia para atraer turistas, específicamente un holograma que se proyecta desde una ventana escondida con el objetivo de actualizar la leyenda del Holandés Errante. Están por otro lado los que creen que se trata de un fantasma real, uno más en la Historia de las Apariciones en el Reino de Holanda: el niño invisible que reparte cachetadas en la Plaza de Lieden, el incidente de piroquinesis en Giethoorn, etc.

Por último, hay un pequeño grupo que estudia el fenómeno de manera rigurosa: la casa de Coba Geldof, y las demás apariciones estarían relacionadas con el descubrimiento de un tipo de partículas denominadas NN (no moleculares, no atómicas) que al unirse forman cuerpos, habitaciones imposibles.

CASA / 24

FAMILIA O'SULLIVAN

Los integrantes de la familia O'Sullivan están seguros de algo: un día alguien llegará hasta su casa de piedra en los Acantilados de Moher y cometerá un crimen. Saben que sucederá por la noche, porque han estudiado las estadísticas de los crímenes cometidos durante los últimos cincuenta años en Irlanda (más de dos tercios se cometen después de la cena) y también saben que lo cometerá un conocido de la familia (han tenido toda una vida para leer novelas de Agatha Christie, Arthur Conan Doyle y hasta de John Connolly: el asesino, la mayoría de las veces, no alcanza los tres grados de separación con el asesinado). Así que cada noche miran por la ventana, repiten los diálogos de las novelas y esperan que ese extraño sonido que justo ahora comienza a oírse a lo lejos —jurarían que son pasos—, avance y se escuche cada vez más cerca, más cerca, más cerca.

ROBERTA SANTOS

Cada año había un día en que la casa flotante de Roberta Santos amanecía al revés. Ese único día, Roberta desayunaba en el interior de la lámpara y usaba la ventana del segundo piso como puerta. Todo lo demás seguía funcionando con total normalidad: la visita de los peces que en medio de la conversación caen dormidos, los suspiros de las almohadas, el sol.

SIMÓN SQUADRITTO

Cuando a Simón Squadritto le avisaron que el Municipio de Burano suspendería el curso de natación para la tercera edad del que hace cuatro años era monitor (este año darían prioridad a las manualidades), escribió un correo a los abuelos diciéndoles que no se preocuparan: «Ningún alcalde ignorante nos impedirá hacer nuestra clase de natación», ponía, y firmaba con un pececito. Él se encargaría.

Así que Simón Squadritto vació su casa, la dio vuelta y la llenó de agua. En un segundo correo escribió: «Las clases serán los miércoles y viernes a las 17:00 horas. Los espero».

«Gracias, Simón. Eres un excelente profesor de natación», respondió Gianni Mancini, en representación de los abuelos, que a partir de ese miércoles llegaron puntuales a la casa del instructor, con sus aletas y sus *snorkels*.

JOÃO ALMEIDA

João Almeida, poeta, vive en Coímbra. Durante sus últimos cinco años ha trabajado en la construcción de un barrio —casas de bordes blancos— para sus 128 heterónimos.

En el muro de la casa 7, escrito en letras también blancas, utilizando una lupa leemos: «Cada uno de nosotros es varios, es una prolijidad de sí mismos».

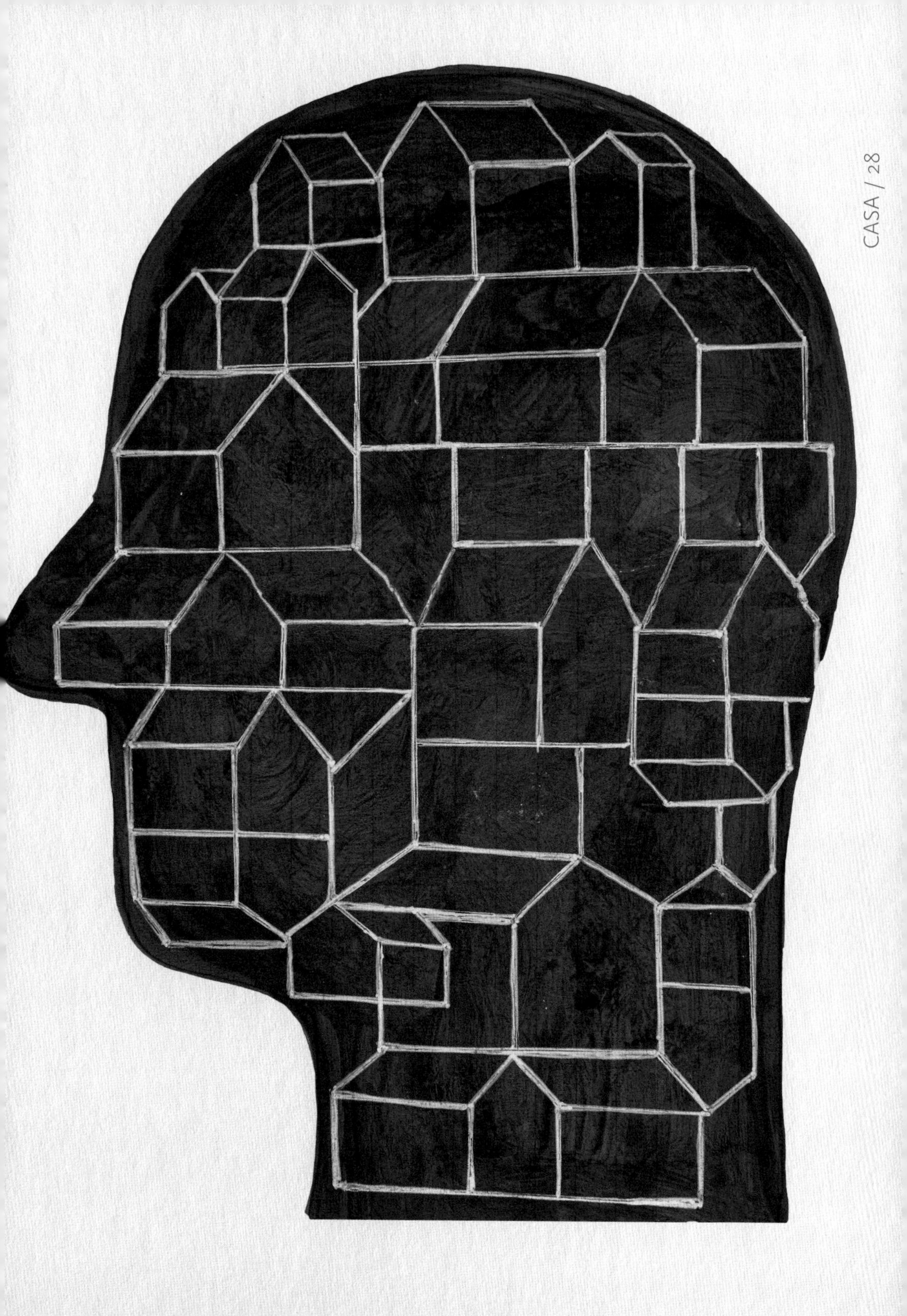
CASA / 28

AMELIA MARTÍNEZ

La casa de los abuelos de Amelia Martínez queda en el interior de una flor que a veces es una magnolia y otras, un lirio. La abuela alimenta a las mariposas y el abuelo lee una versión pequeñísima de *Momentos estelares de la humanidad, catorce miniaturas históricas*, de Stefan Zweig.

Las estrellas se mezclan con el polen y la luna alumbra como si fuera una lámpara (la casa de los abuelos de Amelia Martínez queda en el interior de una flor).

ANTONIA RUIZ

La casa de Antonia Ruiz queda dentro de una gota de agua. Diego acaba de descubrirla mirando a través del microscopio que usan en la clase de Ciencia (Unidad 7: La vida del agua). En el *Atlas de los microorganismos de agua dulce* no aparece nada que se le parezca. Tampoco en *La vida microscópica de Salvat*. Qué importa. Se lo explica a Catarina a la hora del recreo: «la casa de Antonia Ruiz queda dentro de una gota de agua» y ella le responde: «lo sé». Tienen ocho años y no necesitan tener nueve ni diez, para comprender que en cada gota de lluvia hay una casa de dos habitaciones (H_2) octogonales (O). El mensaje en clave está escrito en todas las tablas periódicas, pero solo algunos afortunados —como ellas— lo pueden comprender.

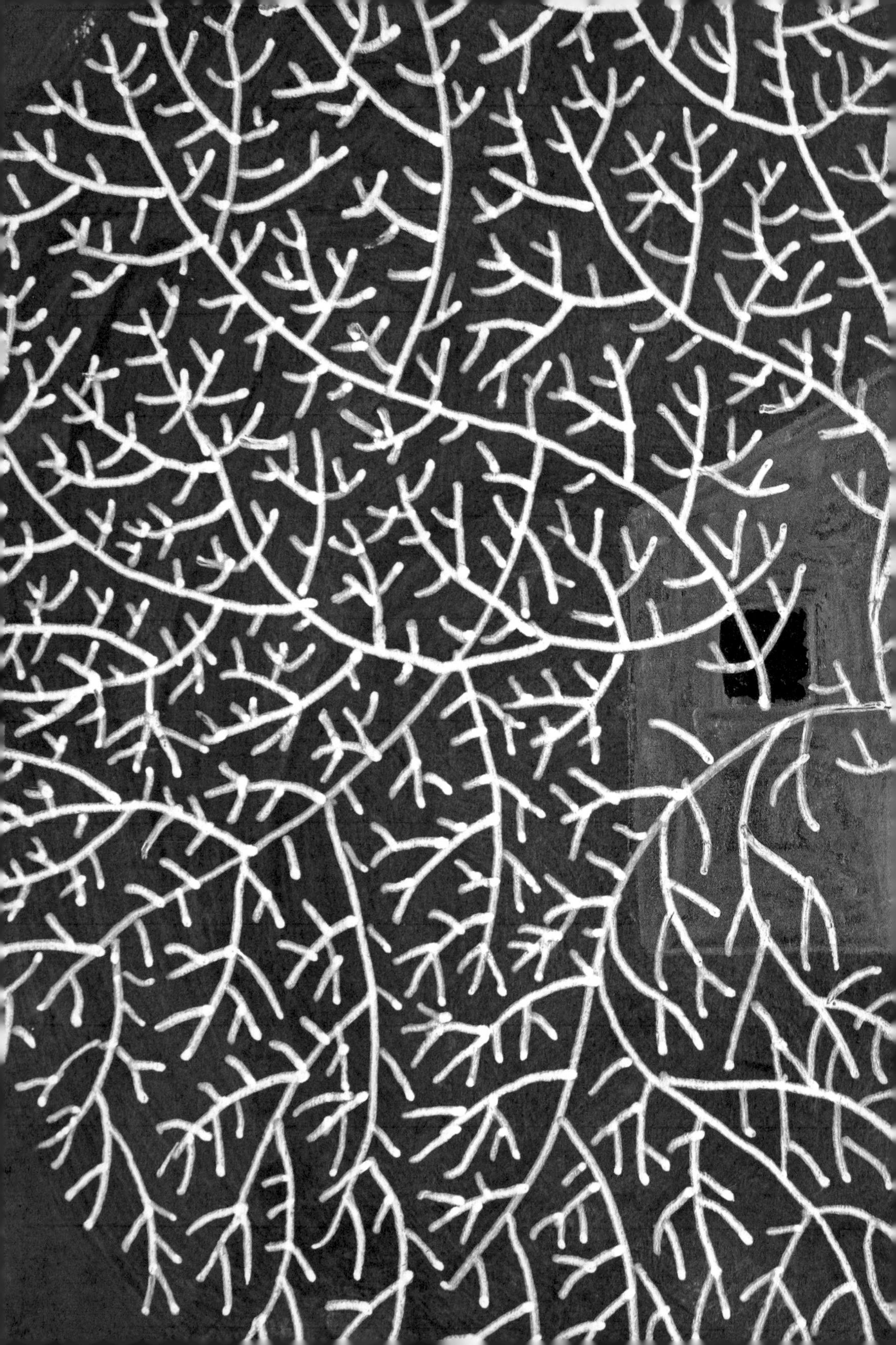

CASA / 30

PEDRO CISTERNAS

Pedro Cisternas nota su mal, sobretodo, al mirar por la ventana de su departamento en la ciudad de Pereira: la imagen del árbol y la imagen del edificio de enfrente, que ha visto durante los últimos treinta años, experimentan un leve movimiento, un temblor, apenas perceptible. «Es como si a cada objeto lo siguiera un fantasma que mi ojo tarda una fracción de segundo en capturar».

El Dr. González lo escucha, convencido de que más que un problema de presión barométrica asociada al vértigo, se encuentra ante uno de esos extraños casos de personas capaces de captar el movimiento de la Tierra.

CASA / 32

JUAN NADA

Juan Nada es el duende que cuida la olla de oro que existe al final del arcoíris. O la cuidaba, es decir, la olla sigue existiendo, pero el oro no. Y es que, como la mayoría de los duendes, Juan Nada es aficionado a las apuestas deportivas: carreras de caracoles, lanzamiento de goma de mascar, tiro a la castaña y así, como ha sido una constante en la historia de la ludopatía, una monedita lleva a la siguiente y a la siguiente hasta que no queda ninguna (en este punto la frase de Hegel «la historia de los pueblos demuestra que los pueblos no aprenden de su historia», es perfectamente aplicable a los duendes ludópatas).

«Cosas que pasan» dice Juan Nada convencido de que no es grave porque la verdad es que los seres humanos nunca terminaron de creerse el cuento de la olla. «Cosas que pasan», repite mientras dobla el arcoíris y lo guarda dentro de su casa, hasta que venga el sol, y la lluvia siguiente.

MELISA MISHA

Melisa Misha, duende ayudante de oficios, vive en una casa minúscula, ubicada encima de una mesa de costura, junto a un árbol, también minúsculo. Su trabajo consiste en ayudar a un sastre a pegar botones y enhebrar agujas. Don Nicolás —así se llama el sastre— le agradece su labor con galletas con formas de animales y nubes de hilo blanco (una sola galleta le alcanza a Melisa Misha para alimentarse durante cinco días).

Como los opuestos se atraen también en el mundo de los duendes, cada tarde la visita Juan Nada —el duende que cuida la olla de oro que existe al final del arcoíris. O la cuidaba, es decir, la olla sigue existiendo, pero el oro no—. «Lo irresponsable no quita lo gentil», dice a modo de saludo y le entrega las flores que recoge en el camino.

Melisa Misha le habla de alfileres y ojales. Juan Nada le cuenta historias de asaltos a bancos y jugadores de *black jack*. Beben gotas de lluvia, comen trébol y migas de galletas, en resumen, pasan una tarde fantástica.

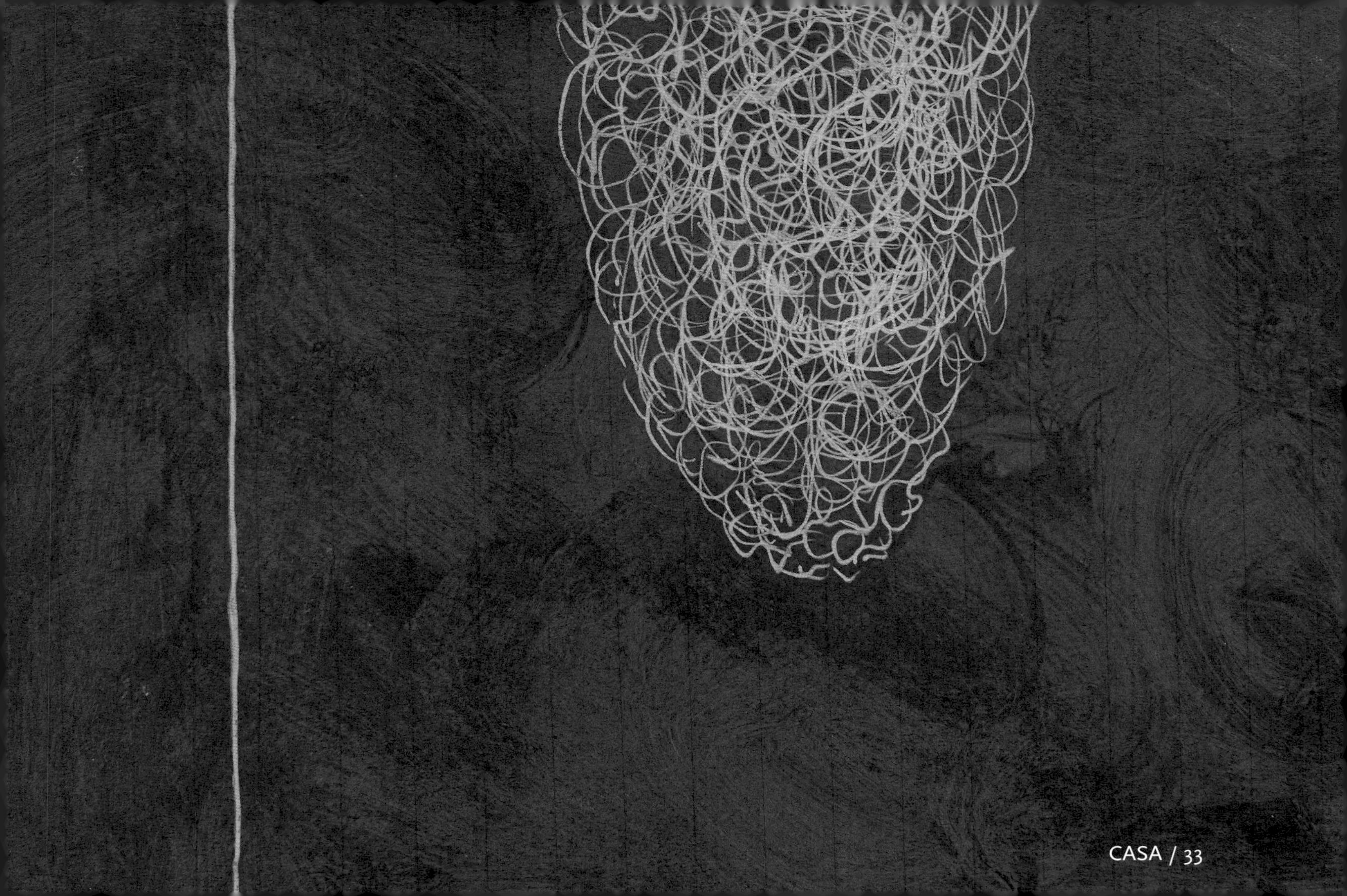

NOEL COCTEAU

Noel Cocteau vive en la cima de una burbuja poliédrica generada —de modo dinámico y constante— por la respiración de una esponja marina. Cuando un periodista de *La Provence* le preguntó qué pasaría con su casa si un día la esponja dejaba de respirar, Noel Cocteau le respondió: «desaparecerá».

Y después de un silencio, que le alcanzó para volver a llenar su pipa con tabaco, continuó: «las casas de aire corren la misma suerte que las de cemento o madera ¿lo ha notado?».

CASA / 34

JOAN ARNAU

Joan Arnau vive en Córcega 345, cerca de La Pedrera, casi siempre. Porque hay días en que su casa cambia de lugar y Joan Arnau amanece en Long Street 28, Ciudad del Cabo; Bellavista 243, Querétaro; o Gereonstrasse 35, Colonia.

Estos movimientos repentinos de muros y habitaciones le producen una angustia que con el tiempo ha aprendido a manejar, ayudado por la lectura de los clásicos japoneses: todos, no importa el camino que tomen, hablan de la impermanencia de las cosas.

SUZANNE MASINO

Suzanne Masino, ecóloga de la Universidad de Columbia, tras años de estudios (¿cuántos?, bueno, yo qué sé, un montón) descubrió que los árboles se comunican. «Todos los árboles de un bosque, sean de la misma o de distinta especie, están conectados entre sí a través de una red subterránea de micorrizas por la que no solo se traspasan recursos vitales, como carbono, agua, nitrógeno y fósforo, sino también información compleja: avisos, advertencias, recuerdos» dijo la estudiosa en su conferencia en Santiago de Chile.

Y aquí vamos al punto: los árboles que rodean la casa de Suzanne Masino se comunican también a través de las ramas, pero de eso la ecóloga no dijo nada (¿por qué?, ¿será que los árboles comienzan a hablar justo cuando ella se duerme?, ¿o que una cosa es exponer sobre los árboles, así en abstracto, y otra diferente es hablar de la vida privada de las magnolias?, no sé).

DELU GOWON

La casa paraguas es obra de Delu Gowon (prima y mejor amiga de Aba Badoe). Está inspirada en un paraguas holandés que lleva el nombre de su inventor —Senz— y es capaz de soportar hasta un viento de 200 kilómetros por hora sin que las varillas se doblen.

«Lo bueno es que en invierno puedes usar la casa para bailar como Gene Kelly en *Singing in the Rain* o ahorrar el pasaje de tren utilizando la técnica de Mary Poppins», explica Delu Gowon, que además de ser optimista es cinéfila.

A la ceremonia de inauguración de la casa, que fue en un puente del Cabo Oriental, asistieron Aba Badoe, Coba Geldof, Yaro Mbeki y otros amigos. Como no podían llevar de regalo floreros ni juegos de vasos, llevaron a Delu Gowon unas botas de agua que le quedaron un poco grandes, pero nada que no se pudiera solucionar con unos calcetines gruesos. Ocurrió un 10 de febrero, Día Internacional del Paraguas.

PEP CARRIÓ

Pep Carrió vive en un departamento de Madrid, donde realiza estudios sobre el paso del tiempo. Le interesan especialmente las agendas (el tiempo medido en hojas de papel) y opina que, sobre todo si tienen tapas negras, son un invento demasiado maravilloso como para llenarlo de reuniones y números telefónicos. Así que las llena de dibujos. Dibujos de árboles que crecen bajo la tierra. Dibujos de islas que se desprenden del mar. Dibujos de casas habitadas por pájaros. Cada día.

MARÍA JOSÉ FERRADA

María José Ferrada vive en un departamento en Santiago de Chile. Cuando escuchó la historia de las agendas de Pep Carrió, compró una y dijo: «haré una historia, cada día». Pero a la semana siguiente perdió la agenda. Continuó escribiendo en servilletas, que también olvida en el café que queda en la esquina de su casa. Lo bueno es que cada diciembre Hugo, el camarero, le entrega un sobre con todo lo que escribió durante el año. El sistema es algo rebuscado pero, según ella, funciona.

NOTA:

El presidente de Estados Unidos amenaza con romper relaciones con China; Tony Strand, viajante de comercio, se jubila; Christoph Meyer decide, por fin, escribirle una carta de amor a Irina Popov; el agujero de la capa de ozono se cierra; Aba Badoe se despide de su abuela; Noel Cocteau recibe, tras cuatro postulaciones, el premio de la Sociedad Atlántica de Oceanógrafos; y João Almeida mira por la ventana de una casa en Coímbra: llueve.

La casa de Oliverio Sánchez sigue navegando.

Este libro se ideó
en el año 2020,
(cada quién en su casa)
y se imprimió en 2023
en los talleres de
Impresos Izquierdo, Madrid.